文・圖｜賴馬
責任編輯｜黃雅妮
美術設計｜賴馬、賴曉妍
封面・內頁手寫字｜賴咸穎、賴俞蜜

天下雜誌群創辦人｜殷允芃　董事長兼執行長｜何琦瑜
媒體暨產品事業群
總經理｜游玉雪　副總經理｜林彥傑
總編輯｜林欣靜　行銷總監｜林育菁
副總監｜蔡忠琦　版權主任｜何晨瑋、黃微真

出版者｜親子天下股份有限公司
地址｜台北市104建國北路一段96號4樓
電話｜（02）2509-2800　傳真｜（02）2509-2462
網址｜www.parenting.com.tw
讀者服務專線｜（02）2662-0332　週一～週五：09:00~17:30
讀者服務傳真｜（02）2662-6048　客服信箱｜parenting@cw.com.tw
法律顧問｜台英國際商務法律事務所・羅明通律師
製版｜中原造像股份有限公司
總經銷｜大和圖書有限公司　電話：（02）8990-2588

出版日期｜2016年1月第一版第一次印行
2024年8月第一版第二十次印行

定　　　價｜360元
書　　　號｜BKKP0163P
ISBN｜978-986-92614-6-3（精裝）

訂購服務
親子天下Shopping｜shopping.parenting.com.tw
海外・大量訂購｜parenting@cw.com.tw
書香花園｜台北市建國北路二段6巷11號　電話（02）2506-1635
劃撥帳號｜50331356　親子天下股份有限公司

立即購買＞

帕拉帕拉山的妖怪

文圖・賴馬

白豬魯魯從山上一路

滾 滾 滾 滾 下來。

碰！

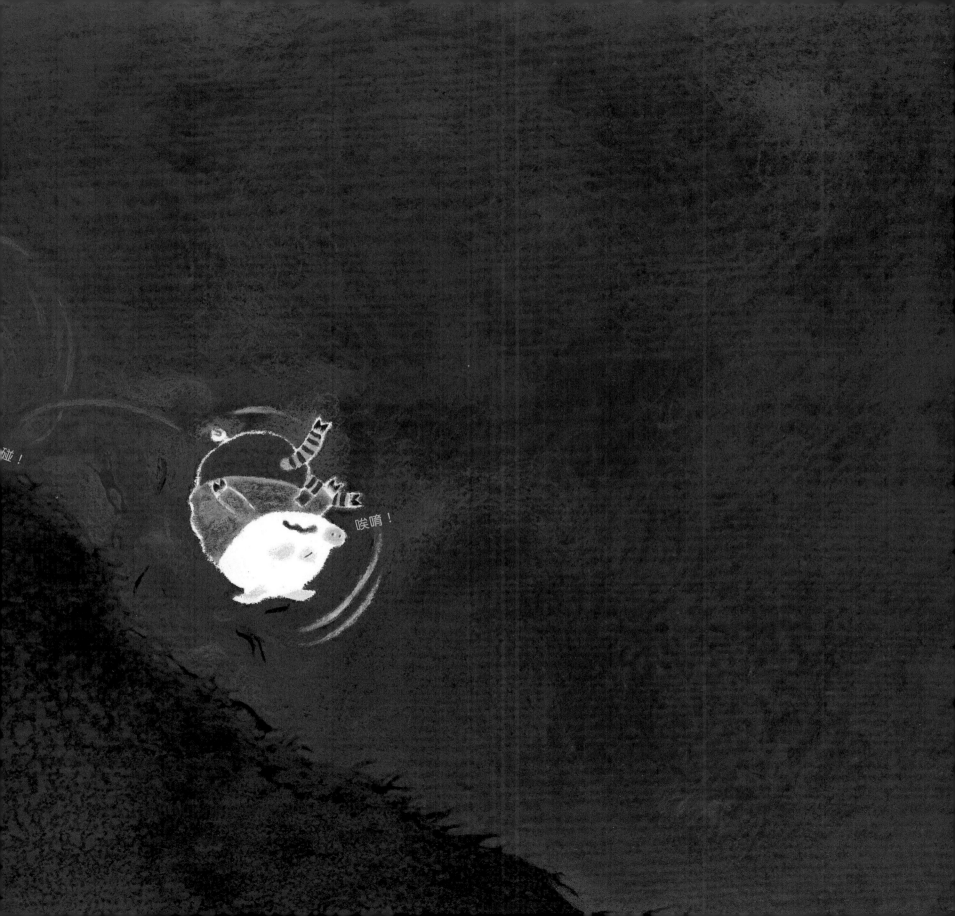

滾下山後，

他只說了三個字

就昏倒了。

有～妖～怪～

村民趕緊把他抬到醫院。

呼~

過了好久，魯魯終於醒過來，頭上腫起的兩個包還是很痛，摔斷的腿可就更痛了。

大家都來探望他，
老村長也來了。

可憐的
魯魯。

泥怎摸惹~

老村長緊張的問：
「到底花生什麼素惹？」
老村長說話有點口齒不清。

「有~妖~怪~」

魯魯害怕的說：
「我去長脖子村收錢，
發現天快黑了，就從帕拉
帕拉山抄近路回來，
沒想到卻迷路了。」

「一一路上黑漆漆、陰森森的，還有蝙蝠在亂飛。
我走到一塊大岩壁前，正不知道該怎麼辦，
突然看見前面有亮光，還有霹靂啪啦的聲音，
就走過去，想看個清楚。」

「嚇死我了！一隻妖怪衝過來，
牠有十個人那麼高， 像炭一樣黑，
全身長滿尖刺， 眼睛射出綠光，
舞著利爪， 露出一嘴大牙。」

好可怕～

「我ㄨㄛˇ拚ㄆㄧㄣˋ命ㄇㄧㄥˋ跑ㄆㄠˇ，牠ㄊㄚ在ㄗㄞˋ後ㄏㄡˋ面ㄇㄧㄢˋ一ㄧˋ直ㄓˊ追ㄓㄨㄟ。」

魯ㄌㄨˇ魯ㄌㄨˇ指ㄓˇ著ㄓㄜˋ被ㄅㄟˋ勾ㄍㄡ破ㄆㄛˋ的ㄉㄜˋ褲ㄎㄨˋ子ㄗ
說ㄕㄨㄛ：「我ㄨㄛˇ差ㄔㄚ一ㄧˋ點ㄉㄧㄢˇ兒ㄦ就ㄐㄧㄡˋ變ㄅㄧㄢˋ
成ㄔㄥˊ妖ㄧㄠ怪ㄍㄨㄞˋ的ㄉㄜˋ豬ㄓㄨ排ㄆㄞˊ大ㄉㄚˋ餐ㄘㄢ了ㄌㄜ！」

大ㄉㄚˋ家ㄐㄧㄚ聽ㄊㄧㄥ得ㄉㄜˊ直ㄓˊ冒ㄇㄠˋ冷ㄌㄥˇ汗ㄏㄢˋ。

躲到坑洞裡。

挖個深深的陷阱！

這樣划夠快嗎？

帕_{ㄆㄚ}拉_{ㄌㄚ}帕_{ㄆㄚ}拉_{ㄌㄚ}山_{ㄕㄢ}有_{ㄧㄡ}妖_{ㄧㄠ}怪_{ㄍㄨㄞ}！這_{ㄓㄜ}件_{ㄐㄧㄢ}事_ㄕ很_{ㄏㄣ}快_{ㄎㄨㄞ}地_{ㄉㄜ}傳_{ㄔㄨㄢ}遍_{ㄅㄧㄢ}了_{ㄌㄜ}整_{ㄓㄥ}個_{ㄍㄜ}彈_{ㄊㄢ}珠_{ㄓㄨ}村_{ㄘㄨㄣ}。

「如_{ㄖㄨ}果_{ㄍㄨㄛ}妖_{ㄧㄠ}怪_{ㄍㄨㄞ}下_{ㄒㄧㄚ}山_{ㄕㄢ}來_{ㄌㄞ}，就_{ㄐㄧㄡ}太_{ㄊㄞ}恐_{ㄎㄨㄥ}怖_{ㄅㄨ}了_{ㄌㄜ}！」彈_{ㄊㄢ}珠_{ㄓㄨ}村_{ㄘㄨㄣ}的_{ㄉㄜ}居_{ㄐㄩ}民_{ㄇㄧㄣ}開_{ㄎㄞ}始_ㄕ想_{ㄒㄧㄤ}各_{ㄍㄜ}種_{ㄓㄨㄥ}辦_{ㄅㄢ}法_{ㄈㄚ}保_{ㄅㄠ}護_{ㄏㄨ}自_ㄗ己_{ㄐㄧ}。

這樣就看不到我了吧？

假裝是樹！

遮住！

裝鬼！

嘿咻！

用力！

「一一定素那裏妖怪在詛咒偶們！」

老村長一緊張，口齒更加不清楚了。

平_{ㄆㄥˊ}常_{ㄔㄤˊ}不_{ㄅㄨˋ}聽_{ㄊㄧㄥ}話_{ㄏㄨㄚˋ}的_{ㄉㄜ˙}小_{ㄒㄧㄠˇ}孩_{ㄏㄞˊ}，
都_{ㄉㄡ}擔_{ㄉㄢ}心_{ㄒㄧㄣ}妖_{ㄧㄠ}怪_{ㄍㄨㄞˋ}會_{ㄏㄨㄟˋ}來_{ㄌㄞˊ}找_{ㄓㄠˇ}他_{ㄊㄚ}。

再吵，就把你送
給妖怪當玩具。

快去寫功課，
妖怪都吃不用功
的小孩。

這時候，
兩隻豪豬走進村子裡，
到處打聽魯魯住在哪裡。

老村長聽到他們剛從帕拉帕拉山下來，急忙問，「那裡不素有妖怪嗎？你們素怎麼逃粗來的？」

「妖怪？沒看到呀！」豪豬說，「只有一隻大白豬在驚聲尖叫。」

另一隻豪豬說：「就是啊！我們正在生火，
突然感覺有東西靠近，還沒看清楚，
就聽到一聲尖叫，一隻大白豬一邊跑一邊叫，
包包掉了也不管。」

他叫白魯魯，
住在彈珠村。

「我們追不上他，
只好下山把他的包包
送來。」

大家恍然大悟，終於
知道發生了什麼事。

原來，妖怪只是豪豬
的影子，根本就沒有什麼
詛咒。

那天晚上，妖怪出現了，
可是彈珠村的居民一點兒
也不害怕。

雖ㄕㄨㄟˊ然ㄖㄢˊ，小ㄒㄧㄠˇ意ㄧˋ外ㄨㄞˋ還ㄏㄞˊ是ㄕˋ不ㄅㄨˋ斷ㄉㄨㄢˋ發ㄈㄚ生ㄕㄥ。

呼！

尤ㄡˊ其ㄑㄧˊ，
在ㄗㄞˋ心ㄒㄧㄣ慌ㄏㄨㄤ的ㄉㄜˊ時ㄕˊ候ㄏㄡˋ！

賴馬創作二十週年（之人格分裂/之自言自語）

我生於1968年，根據當時婦產科醫生和護士的說法，出生時有異象。

嘴含金畫筆、手握金色顏料。

（怎麼不是金湯匙和金飯碗咧？）（新一代的偉大畫家誕生了！）

繪畫是我的職業（其實畫得很慢，大部份時間都畫不出來，跑去看電視或睡覺），

最擅長文圖創作。

（其實常常想破了頭卻一無所成。）（創作是一種自虐的工作嗎？）

1996年，出版了第一本圖畫書《我變成一隻噴火龍了！》（好好看！）

當時二十八歲（好年輕啊！）

轉眼間，已經過了二十個年頭。（怎麼現在看起來還是好年輕！）

二十年間，我做了十二本圖畫書。

（是多還是少？據太太的說法：作者書太少是撐不起一個紀念館的！）

（呸呸，是繪本館好嗎?!）（2014年夏天，我在台東開了一間繪本館。）

以前，一個人獨立創作。

畫圖畫書給自己內心的小孩看、也給小時候的自己看。（孤獨又孤癖。）

結婚後有了小孩（真是沒想到會結婚生子呀！據太太的說法：因為你有幸遇到了我。）

（再根據五歲女兒小滴的說法：是把拔嫁給馬麻的。）

（我最愛我太太了！太座開心、全家快樂！）

我的身分成了「全職爸爸、兼職作家」（以前太閒，現在太忙。）（是報應？還是平衡一下人生？）